LE SOURIRE DES MARIONNETTES

Jean Dytar

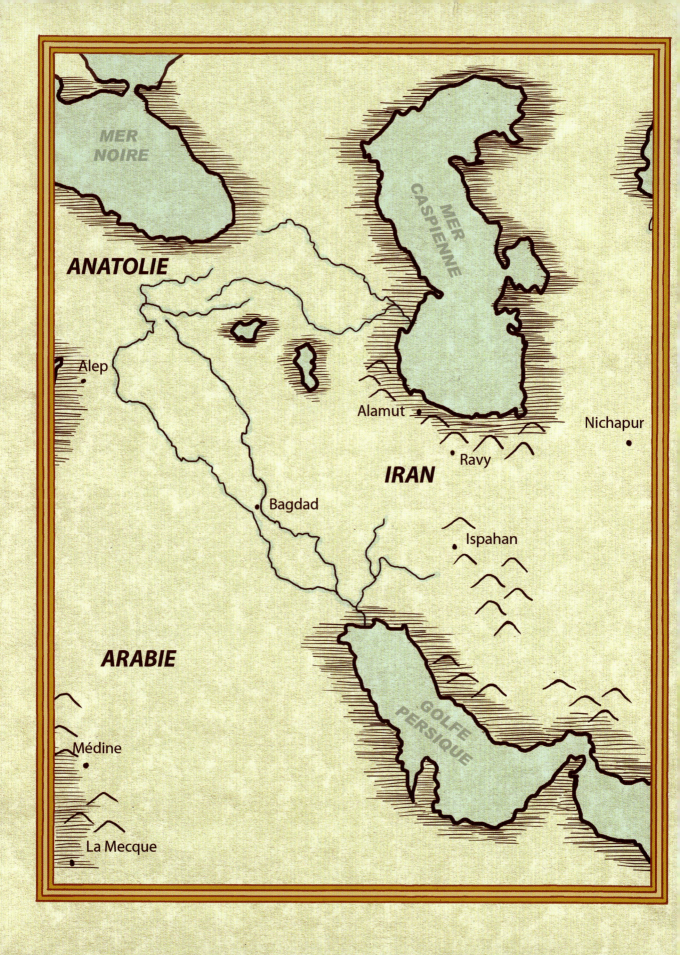

Automne 1092.

La dynastie turque des Seldjoukides règne sur l'Iran depuis trois générations. Sur le trône : le **sultan** Malik Shah. Son **grand vizir**, le vénérable Nizam Al-Mulk, est un Iranien nommé à ce poste (équivalent à celui de Premier ministre) depuis près de trente ans.

Alors que l'islam chiite dominait dans la population iranienne, les sultans Seldjoukides ont décidé de se convertir à l'islam sunnite et de l'instituer en religion officielle. Pour ce faire, ils se sont placés en protecteurs du **calife**, chef religieux et politique des sunnites.

Les chiites vivent alors leur religion clandestinement, persécutés par les sunnites qui les considèrent comme hérétiques.

Certains chiites entrent en résistance : c'est le cas des ismaéliens, sous la houlette en Iran de Hassan ibn Sabbah, mieux connu par la postérité comme le fondateur de la secte des Assassins.

À Florence, que je remercie infiniment pour sa patience,
sa présence et son soutien sans faille.

À Lucas, qui est venu au monde plus rapidement que ce livre.

Merci à Grégoire Seguin, Jean-Pierre Sicre, Antoine Bouvier,
Joe G. Pinelli, ainsi que mes parents, mes amis,
et Suzanne Vadon pour leur implication directe ou indirecte
dans l'aboutissement de ce projet.

Les poèmes d'Omar Khayyâm présents à l'intérieur du livre
sont traduits du persan par M.F. Farzaneh et Jean Malaplate
dans l'ouvrage *Les Chants d'Omar Khayam* de Sadegh Hedayat,
Éditions José Corti.

Le poème d'Omar Khayyâm présent en quatrième de couverture
est traduit du persan par Gilbert Lazard dans l'ouvrage
Omar Khayyâm, Cent un quatrains de libre pensée, Éditions Gallimard.

© 2009 Guy Delcourt Productions

Tous droits réservés pour tous pays
Dépôt légal : mai 2009. I.S.B.N. : 978-2-7560-1378-7
Première édition

Conception graphique : Trait pour Trait & Jean Dytar

Imprimé et relié en avril 2009
sur les presses de l'imprimerie Pollina, à Luçon - L50118

www.editions-delcourt.fr

PROLOGUE

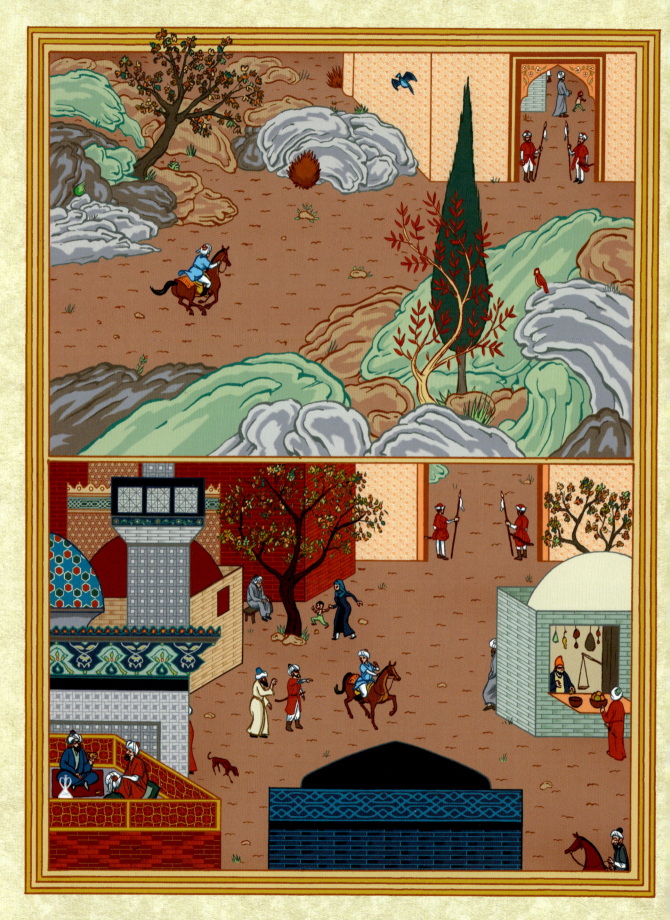

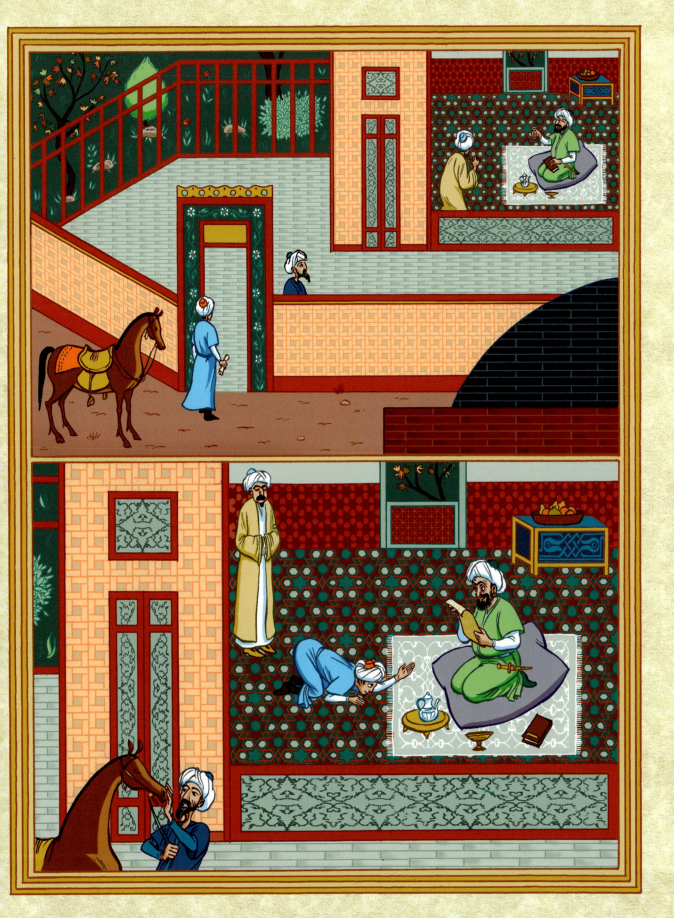

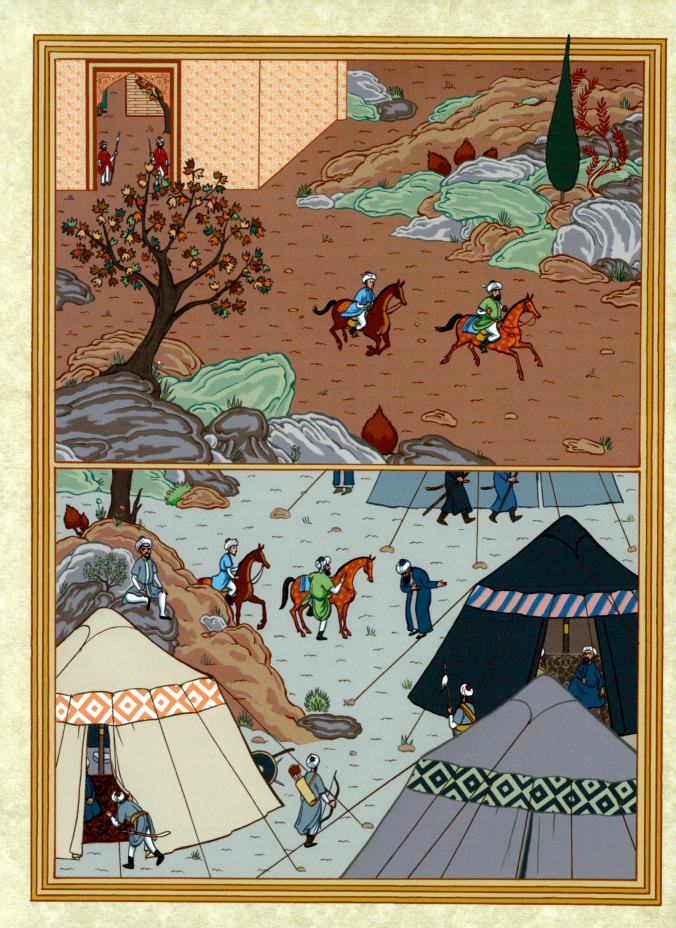

Et je serai franc moi-même : tu sais que j'ignore tout des mathématiques ou de l'astronomie, mais ton prestige rayonne au-delà de l'empire et rejaillit par conséquent sur moi !

C'est pourquoi j'oublie que tu ne viens jamais à la mosquée et que tu te fais rare au divan.

Je me réjouis, ô Malik Shah, si ce prestige me permet de vivre librement ! En revanche si pour être libre il fallait être le dernier des mendiants, je n'hésiterais pas à être celui-là...

Qui te le demande ? Profite de la chance qu'Allah, dans sa bonté, a bien voulu t'accorder. À bientôt, Omar.

Au revoir, Majesté.

— Et comment savez-vous que Hassan ibn Sabbah en est le commanditaire ?

— Le meurtrier a déclaré au vizir qu'il venait de sa part et sur la volonté d'Allah, juste avant de lui enfoncer son poignard dans le cœur...

— Mais certains disent que le sultan Malik Shah lui-même serait derrière Hassan ibn Sabbah.

— Pff ! Des rumeurs... Ibn Sabbah a suffisamment de raisons pour commettre ce crime ! Et il en aurait tout autant contre le sultan. Je les vois mal comploter ensemble...

— Si le meurtrier était un démon, alors la forteresse d'Alamut serait l'enfer sur terre ! Or j'ai jadis bien connu le chef des ismaéliens, et je peux vous affirmer qu'il n'y a rien de diabolique dans les pouvoirs de cet homme-là.

— Mais d'ordinaire un martyr, aussi exalté soit-il, considère son sacrifice comme une tragédie nécessaire...

— En effet. J'ai déjà vu des martyrs : aucun ne semblait aussi désireux de rejoindre le paradis !

— Et si celui-ci était simplement fou ?

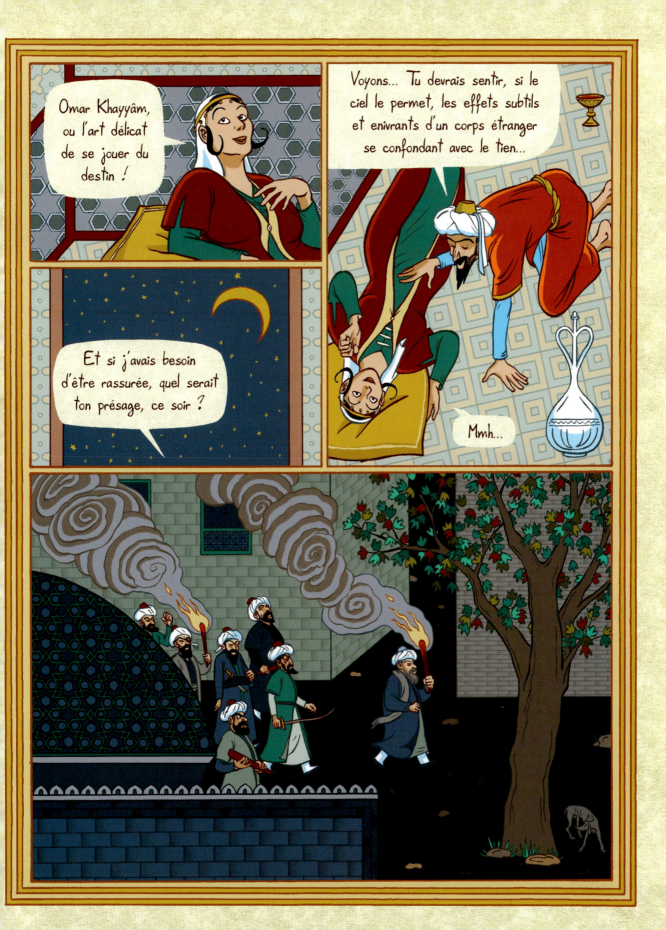

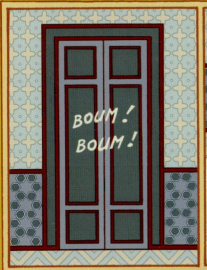

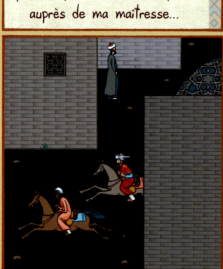

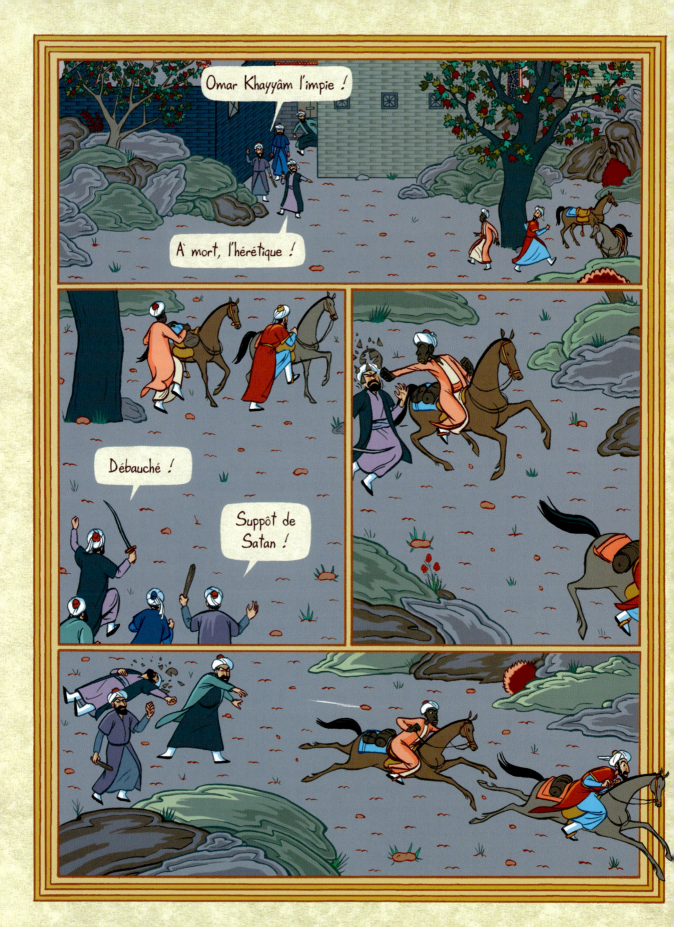

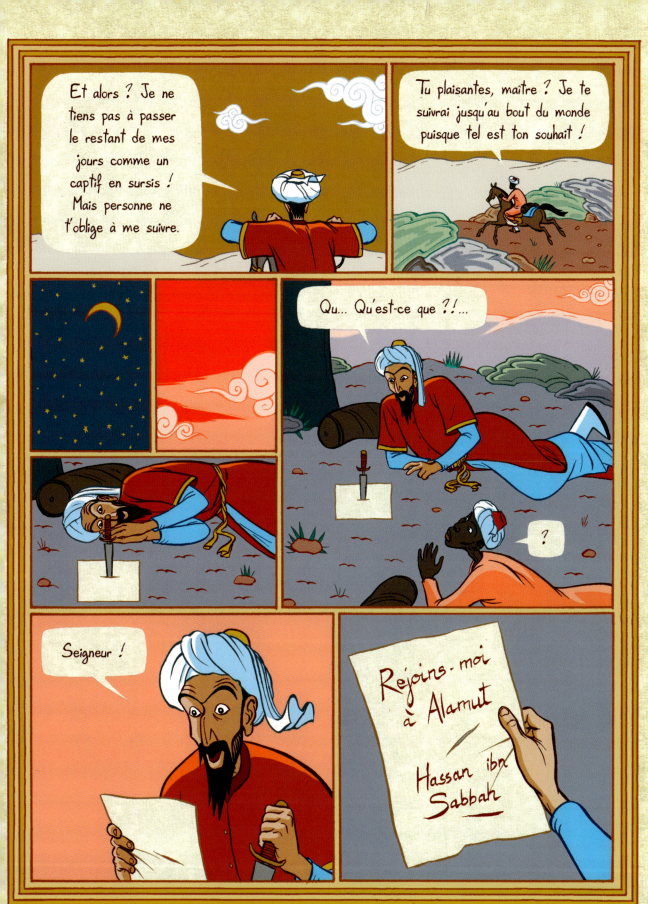

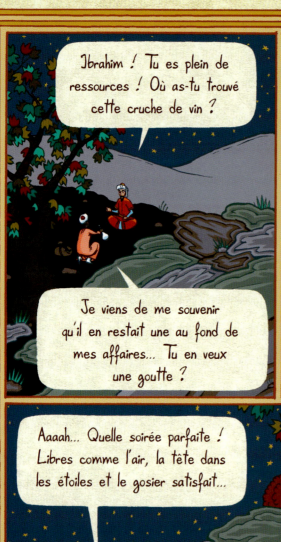

— Que se passe-t-il ?
— Tu ne pourras pas comprendre...

— J'ai dû me résoudre à condamner à mort... mon propre fils !
— Hein ?!

— Ne me juge pas ! Je ne pouvais faire autrement, ou alors j'aurais laissé s'effriter l'édifice que je construis depuis plus de vingt ans !

Mes soldats sont avant tout des croyants éperdus de pureté. Pour les tenir à ma botte, j'ai instauré une règle de fer dans l'enceinte de ce château : quiconque s'adonne aux plaisirs du vin ou de l'amour s'expose à des châtiments mortels...

Or mon fils a été pris en train de boire du vin, et même en train d'en vendre... Quel idiot ! Lui et ses compagnons ont été pendus hier...

— Horrible !

— Mais si je l'avais sauvé, j'aurais perdu toute crédibilité ! Ce sacrifice ne peut que renforcer la ferveur de mon peuple...

Hassan ! Qu'es-tu devenu ? Un monstre ?

— Un prophète, Omar ! Qu'on craint et qu'on vénère...
Je suis allé trop loin pour m'arrêter en chemin. Il faut que je continue, quoi qu'il m'en coûte !

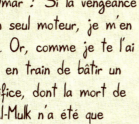
Tu as tort, Omar ! Si la vengeance avait été mon seul moteur, je m'en serais tenu là. Or, comme je te l'ai dit, je suis en train de bâtir un immense édifice, dont la mort de Nizam Al-Mulk n'a été que la première pierre...

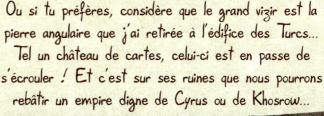
Ou si tu préfères, considère que le grand vizir est la pierre angulaire que j'ai retirée à l'édifice des Turcs... Tel un château de cartes, celui-ci est en passe de s'écrouler ! Et c'est sur ses ruines que nous pourrons rebâtir un empire digne de Cyrus ou de Khosrow...

Quelle injustice !

Tu t'es trompé de cible, Hassan : Nizam Al-Mulk était iranien et des plus admirables ! Il s'est habilement servi du pouvoir que les Turcs lui ont confié pour rendre à l'Iran tout son éclat !

Omar, depuis des siècles, nous nous sommes oubliés, d'abord auprès des Arabes, puis des Turcs. Il est grand temps de nous retrouver, sans dépendre de gouvernants étrangers !...

Tu oses me parler de liberté, toi qui t'es octroyé un droit de vie et de mort sur tes propres adeptes ?

Car ne va pas me faire croire que ton assassin désirait librement se faire occire dans le campement du grand vizir, malgré son envie manifeste ?!...

— Tout de même, Hassan... Ton paradis est bien tangible... J'avais un jardin à Ispahan, qui n'en était pas si différent !

— Combien d'hommes connaissent un tel délice, Omar ? Tu es un privilégié !

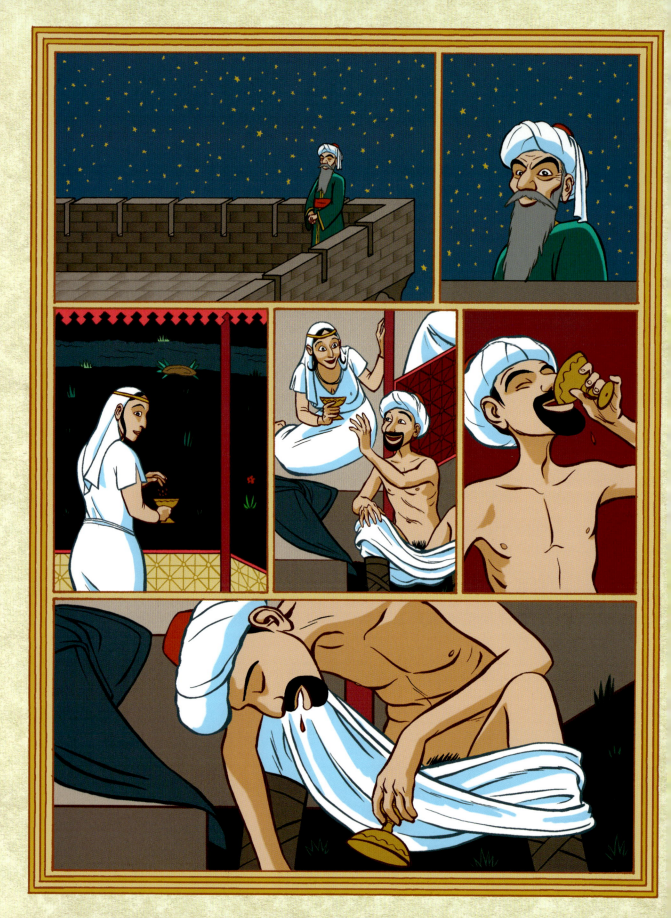

Je crois que j'ai compris ce qui nous distingue...

Tu n'es fasciné par rien... Pourtant la fascination est dans la nature des hommes. Tu as des disciples fascinés par ta science. J'ai des adeptes fascinés par mes pouvoirs. Et cette fascination exerce sur moi une semblable fascination !... Nous fascinons même nos ennemis !

Détrompe-toi, Hassan. Je suis fasciné par le mouvement des astres, ou par un cœur qui bat, ce qui revient au même. Or la finalité de ton système est mortifère... Comment voudrais-tu qu'il me séduise ?

J'essaie de fuir l'hypocrisie et le mensonge, toi, tu les manipules. J'invite les hommes à dépasser les idées toutes faites, quand tu t'évertues à dissoudre en eux la moindre parcelle de pensée autonome...

Mais toi, Omar, rien ne te fascine. Tu sembles revenu de tout !

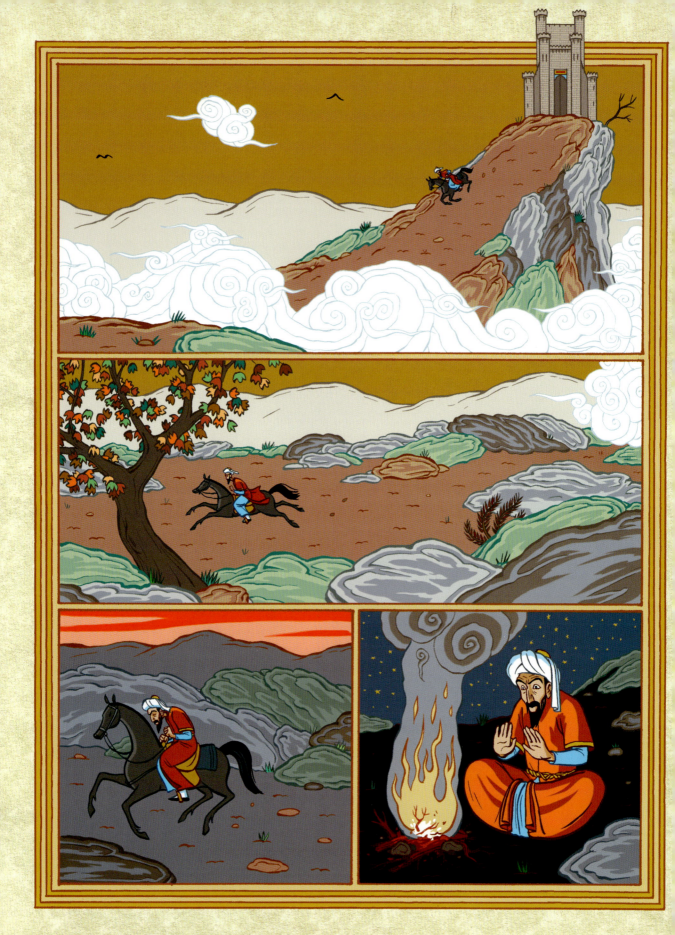

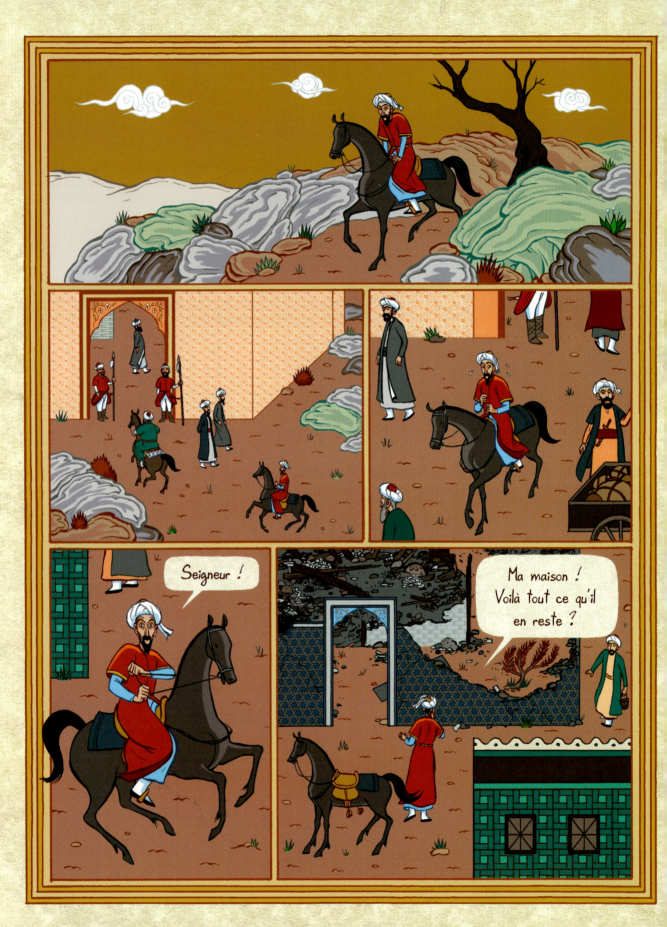

EPILOGUE

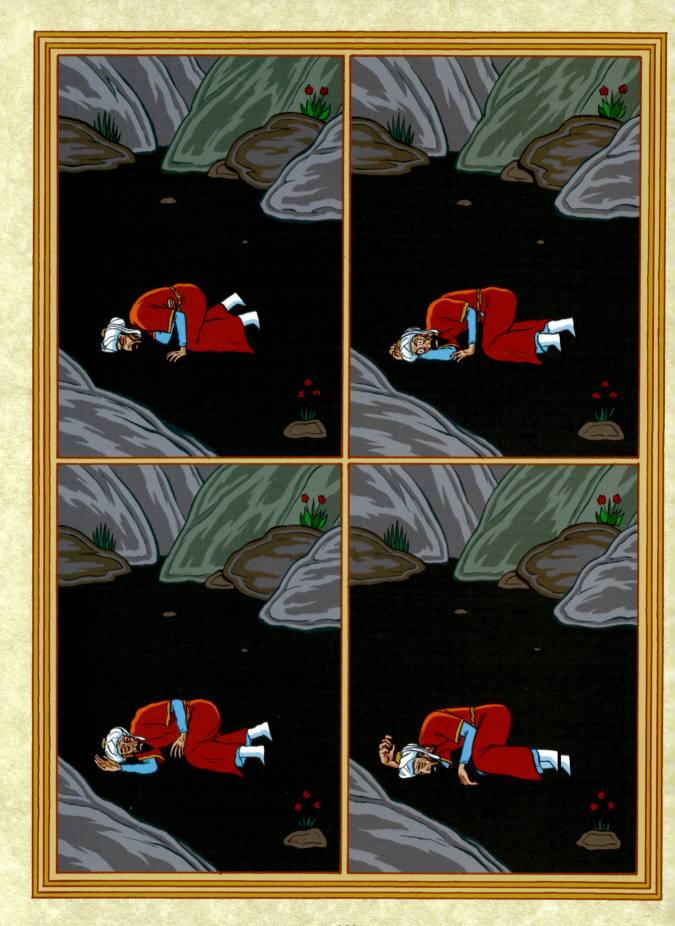

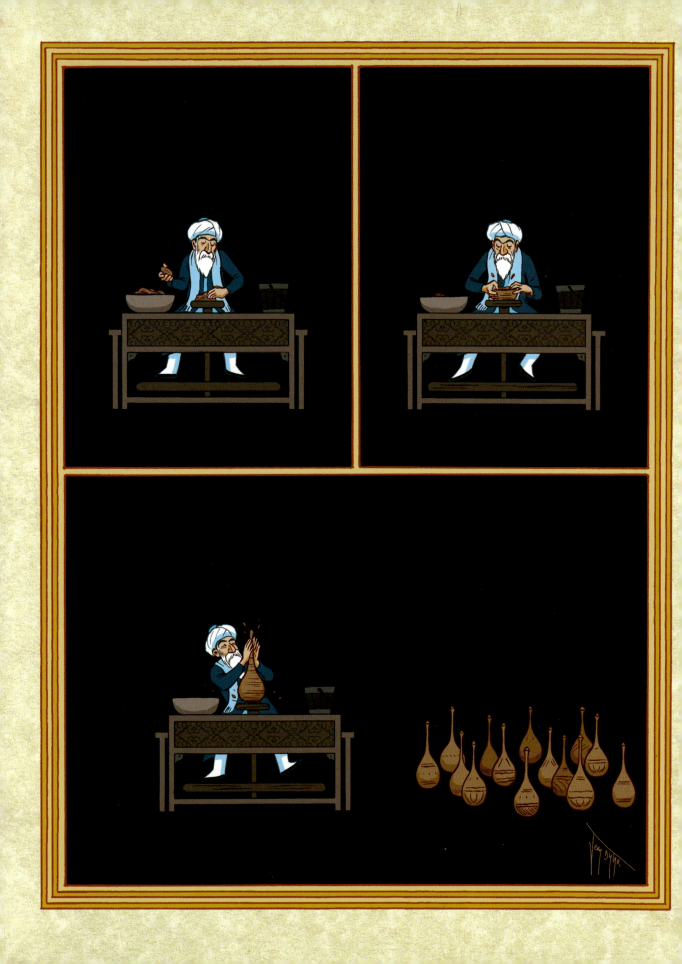